足够遥远

张尺 著

山西出版传媒集团　北岳文艺出版社

·太原·

图书在版编目（CIP）数据

足够遥远 / 张尺著 . — 太原：北岳文艺出版社，2024.6
ISBN 978-7-5378-6861-7

Ⅰ.①足… Ⅱ.①张… Ⅲ.①诗集－中国－当代 Ⅳ.①I227

中国国家版本馆 CIP 数据核字 (2024) 第 091528 号

足够遥远

张尺◎著

出品人 郭文礼	出版发行：山西出版传媒集团·北岳文艺出版社 地址：山西省太原市并州南路 57 号　邮编：030012 电话：0351-5628696（发行部）　0351-5628688（总编室）
选题策划 刘文飞	传真：0351-5628680 经销商：新华书店 印刷装订：三河市国新印装有限公司
责任编辑 赵　勤	开本：787mm×1092mm　1/32 字数：113 千字
封面设计 明翊书业	印张：9.75 版次：2024 年 6 月第 1 版 印次：2024 年 6 月河北第 1 次印刷
印装监制 郭　勇	书号：ISBN 978-7-5378-6861-7 定价：68.00 元

本书版权为本社独家所有，未经本社同意不得转载、摘编或复制

目录

足够遥远　/ 002

西部听歌　/ 004

窗外的树　/ 006

过祁连山　/ 008

秋问　/ 010

表达　/ 012

九寨夜归　/ 014

线索　/ 016

托·讲述　/ 018

褶皱·讲述　/ 020

选裁　/ 022

词色　/ 024

短句　/ 026

海上观音　/ 028

生于朝露　/ 030

蝉　/ 032

微语　/ 034

清明感念　/ 036

西双版纳　/ 038

倒春寒　/ 040

一双翅膀　/ 042

花落·题楼兰美女　/ 044

入静　/ 046

都市生活篇　/ 048

念想 / 054	深秋 / 096
张家界天门山 / 058	诗和远方 / 098
香格里拉 / 060	所依 / 100
内卷 / 062	在大理耳语 / 102
疫中无恙 / 064	登高 / 104
西林寺 / 068	推敲 / 106
废弃的铁路 / 070	看佛像描摹 / 108
地铁站 / 074	边城 / 110
压岁 / 076	对红 / 112
正定大菩萨 / 078	执念（一）/ 114
幽州台 / 080	执念（二）/ 116
蝈蝈 / 082	执念（三）/ 118
虫儿 / 084	民窑鱼盘 / 120
最甜的点心 / 086	十一月 / 122
一路向西 / 088	等待（一）/ 124
西北望长安 / 090	等待（二）/ 126
花间词 / 092	老子出关 / 128
小鸟 / 094	反应 / 130

神兽　/ 132	住院　/ 168
稻草人　/ 134	独白　/ 170
确认　/ 136	独处　/ 172
门　/ 138	喝蛇酒　/ 174
邮筒　/ 140	伪装者　/ 176
有感日本夏日祭在中国举行　/ 142	儿童画·颜色　/ 178
就此别过　/ 144	儿童画·春天　/ 180
食客　/ 146	那些年　/ 182
一步之遥　/ 148	老人院见闻　/ 184
寻隐者　/ 150	儿童福利院　/ 186
悬空寺　/ 152	蓟州白塔　/ 188
看《桃花扇》　/ 154	咏叹　/ 190
蒲公英　/ 156	黄土地蓬草　/ 192
世界很忙　/ 158	船过渭水　/ 194
致仓央嘉措　/ 160	在哪儿　/ 196
泉州开元寺榕树　/ 162	定州城墙　/ 198
光年　/ 164	大圣归来　/ 200
没有一只狗跑得出玉林　/ 166	周年祭怀　/ 202

"对我来"	/204	死亡过后	/240
冲天冠	/206	十三陵神路	/242
废钢厂	/208	八月十五	/244
小水电站	/210	麦积山	/246
里约	/212	卖火柴的小女孩儿	/248
尼亚加拉瀑布	/214	娘子军	/250
秋分	/216	戏台	/252
同时	/218	衡山	/254
沙画坛城	/220	丑书	/256
关于警惕	/222	隐去	/258
观《雪景图》	/224	信不信由你	/260
泰山石摆件	/226	丰都鬼城	/262
又见月圆	/228	人物	/264
一段野长城	/230	空格键	/268
竹境	/232	秋天到哪里去了	/270
山行	/234	夜	/272
深居	/236	我想对你说的	/274
海河游船	/238	多出	/278

并置 / 280

祝四季平安 / 282

风景印象（节选） / 284

念及 / 290

红叶 / 292

结句 / 294

一线天 / 296

隐藏 / 298

颐和园石舫 / 300

备忘录 / 302

足够遥远

天空隐去石头的激流

表里山河在铅华褪去

行者一步步走向破晓

如歌的行板有节奏的忧伤

看客也是角色

凝神的期待总是常态

仰视的感知

低头祈祷的价值

漫坡的畜养

夹杂在黑牦牛群的白牦牛

配色如醒目的云和它们来生的化身

月亮　雪山分离的部分

最冰清的一片回望

像漂泊的独白

远在天涯的素然内心

西部听歌

北斗七星旋转
万物化生的执念

收放自如的不是花瓣
而是时间和感官

滴水来自黄河之源
云雀听名字就知道属于哪里

歌声发轫心底的吟诵
驼铃来自颠沛的旅程

车载的音乐单曲回放
同一首歌循环往复
像曾经热情的那滴水
保持滚烫又不致蒸发

放跑的也许都是大鱼
总是追悔那些没有选择的选择
一种想念　日复一日地喜欢

西部听歌　岁月如歌
像命运循环流转
沸腾的河流　汹涌的天空
这里有终生放牧的孤独
也有温热的舌头　像舐犊之爱即刻到来

窗外的树

原点挺拔在窗外
像评书白话的
——童童如小车盖
这只是人类的感受
树根不动　树梢白摇
——鸟巢才觉得牢靠
其实这也只是部分承载

透过玻璃视角：
晓月打开前路
飞鸿隐于大雪
花开花谢穿越精神部落
四季泥土像窑变的彩釉

与想象比较最多的是世界
与别过比较最多的是沉默
与时间比较最多的是去向
与期待比较最多的是错觉

它也经历自己的劫难
比如现在完全被剥夺成了树干
窗口望见修剪的豁口
和单臂朝上攥紧的空拳
（据说符合园林部门处置标准）
姿态像为所有的暮年代言
耐心地等待下一个不可根除之春天

过祁连山

空枝挑着阳光
群山和青野苍茫
雪豹和岩羊重叠在陡峭的一方

历史的甬道难以走完
看不见房间　更寻不见亲人
所有琼楼的无常和咒语虚妄

分别的路口和久远的鸟道
归附和不羁之心相逢
像静房的悬铃和跋涉的驼铃回应

秋问

鸟鸣辗转空悬

月缺月圆柔软

落叶的金黄

是时间也是空间的形状

形容在扩容　形象在具象

淤泥下的蔓草待起

枯草和草上霜比谁的命长

青天飞白的宇宙

脚手架后的佛等待修旧如旧

所有的扎根和远离　最终裹入土里

成功与失败　是不悲不喜还是悲欣交集

人类靠近亲密

神祇震慑威仪

潮水回荡着船的去意

一朵花开在墙缝

是黯然还是新生

一只鸟扑棱笼栏

是确认安全还是看到了蔚蓝

表达

会说话的鸟

背叛种群　知道向谁讨好

达摩打坐于镜像破壁的神奇

蟋蟀鸣声轻易进入石头缝隙

如果蜜蜂一定会嗡嗡

相信它有只篮子采撷虚空

哑巴隐含最多的哭声

经幡风中怒吼　上面的字很安静

晒墙根的老人孤独久了

回忆和止语是最好的情侣

像小鸡啄手不痛却有感觉

人间积木般松散

命运可以随手骤然掀翻

反驳者　监控者　自洽者　解释者　联系者

都理由充足　抢话要说

九寨夜归

羽毛来自飞鸟

一次迁徙来自季节的推移

子归向远而鸣　蚕蛾向死而生

鲜活随意来自世俗隔离

一棵树最接近森林的墨绿

一棵草总结植物的合围

果实灌溉　神恩灌浆

一句箴言来自一场觉悟

一段流水推转经筒也在推动磨坊

流星被唤醒　划过　投石问路

它知道石沉大海的沉重

缺边的月亮　平抑野渡的流速

它知道什么是湍急的孤舟

线索

藤条在爬
瓢虫在藤条上爬
它们都想努力成为向上的光华

寂静的河流
孤单的船只
抽掉时间的梯子无处可寻

传承清晰
盖棺都不能定论
盲目经虚无捡漏
多少愕然被删掉的英雄

选择打扮　吞吐倒卷

猜不透离开的理由

史书或许是胜利者的族谱

不古的人心和驯服的法则误入歧途

透过突兀的坟茔

我们想看到精神的粮仓

透过阳光的伤口

我们想看到满天星斗

让雪山融化

再浇灌血脉河流

让遗失的英雄重回传承

让苦难的历史佐证存在

托·讲述

花的叶托

莲花座下的须弥座

虚无托起庄严

敬畏托起信仰

海底托起星星

潮水退却托起岛屿

露珠托起太阳显赫

血性托起超凡英雄

枯萎托起光辉

前情托起岁月

最好的青年托起钟情的理想

草木寻根托起韶华无边想象

广阔天地的时代倾心于

走过乡村小舞台下的你

背后是风里生雨里长的李铁梅

褶皱·讲述

一位南洋老华侨说

大海有褶皱的激流

背井离乡　做工吃饭

大山有褶皱的村落

鸡犬相闻　庭院深深

时间的褶皱里

拼命地想　加深印象

眼角的褶皱里

一生的流浪　闪动的泪光

大树下照的全家福　岁月起褶

选裁

悲欣之线

穿过同一个针眼

比如　用文字寄托情感

"安静"两个字是多么治愈

可一旦出现在医院 ICU 门前

如此峥嵘和阴暗

比如　用柔和色彩涂抹画风

天真的娃娃脸上显现出的纯良

可贴在移动的厢式货车上的寻人启事

有图有真相　血色般的惊怆

漂流中立命　挣脱中否定

比如　用诗歌表达生活

那与世界链接的通道

是一种心念　更是一种冒险

词色

草有求生扎根的草率

月台有月亮盈减告别的状态

雪形容自己洁白如雪

云形容自己孤独如云

尘埃是浮粒　也代表血肉之躯

如隔三秋是时间的愁序

飞行把握高度　也是命运的起伏

分歧遵从枝条　更为选择自圆其说

心理平衡就要各安天命

水至清无鱼　结伙作恶有理

上山容易下山难　是权力的得失

也是亲人那场没能着陆的手术

停顿不是受挫　拘谨不是惭愧

破茧化羽正脱离定义

短句

南国列车
一会儿钻山入隧道
迅捷黑色的记忆
一会儿又阳光开朗
经过青绿山水

黑黑的记忆里
相错越境货车
繁忙灯光中隐秘
豁然的青绿山水
有奋飞的小鸟
和洒过热血的土地

明暗变幻的旅程
像段复杂的人生
像边关重镇
忽而陌生忽而熟悉的友谊

海上观音

一尊三身
玉面朝天
是海南观音
也是南海观音
凝视中国海
那片夺眶的蔚蓝

看海风吹月
看南山过客
看热土乔木
看海角天涯
八方从广大

天经百劫

时代的版图四分五裂

水迂千迥

历史在沉默中纠结

地域的边廊

海中的站台

菩萨神情内敛

祈福新航船的起点

今生的积雪

不再覆盖来世

起始于高处的善念

共同命运是"不二法门"

生于朝露

天空的力量
来自雷霆万钧
也来自雨露甘霖

生如朝露
将涸未涸
脱尘或滋养
一见倾心的两个方向

重影与晶亮
微茫与高光
或许
时间的流向都在遗弃
空间的结局都是废墟

原初的果实
活化的记忆
却像神性的背光
全景青涩的相框

蟬

经过一个夏天
屋子余热未散
窗外的蝉鸣
淡泊潦草　徒有其表
仿佛对流年失去信任

进入黯淡的语境　黯然的理性
它了解了事物的初衷
度过了需要的热烈一生
时续的嘶哑像人群中的寡言
自我保存的思想片段

由此我想到了汉八刀
塞进逝者嘴里同比例的玉蝉
那些人像黑暗中咬钩的鱼
叼着视死为生的羽化共鸣
完成肉身蝉联的精神准备
死去的比活着的更想发声

微语

行将就木

看你说的是飞扑的鸟　还是躺倒的人

墓碑淹没山冈

你掂掂尘世消失的容量

蔷薇花影

是初夏的雏形

自我召唤的舒展　开合为了繁衍

悲悯的遗憾　到蓄力的感叹

雨后的蜗牛

认定又被否定旅程

属于自己的清新世界

遭遇踩碎　满地咯咯作响的密集

所有挂碍的硬壳　无碍的蜕变

来处的虚无　去处的空阔

风隐藏着形状　河流隐藏着过往

月光一边打击陨石　一边析出虚拟的安慰

感知和承受

接纳人间的顺从

有序的寻常和散乱的念想

为空间所立　却不为时间所容

清明感念

仿佛一生

也没有对这个世界熟悉

密集的蚂蚁是不是昨天的那批

生命在超度死亡　死亡在催促生命

从此岸到彼岸　踢破人间的门槛

白昼衔花朵　放向显著高处

天空衔候鸟　放回北方的巢

时间衔古今　抓把泥土就有一个灵魂

石墓上的青草　年年仰高不屈不挠

无边大过天边　那个秘境

一定也有四季　因为要送寒衣

亭中牡丹有往返的天机　知道所有的罪孽和秘密

生和死都在包罗万象

宇宙平行　对应释怀的被爱和回首的人生

西双版纳

泄露的阳光和蓄意的雨
极高的云有双重天机

宽大的树叶和宽阔的河流
水分有双重涵养

站在大象身上
带翅膀的小鸟有双重保险

时间和回忆　双重的告诫
幸福和苦难　双重的关联

大漆供桌和鲜艳的供果　双重献祭
莲花座和须弥座佛陀被双重托举

从心和从众在双重地驯服
神奇和理想在双重的沃土

倒春寒

一下子
季节错离
破产的大地
烂种的作物
倒伏的幼苗
像捆住双脚的鸡
躺着翻动白眼
鱼缸冻裂　鱼失去
狭窄的苟且和鱼水之欢
奋力思念家乡的回归候鸟
携家带小饿死于误判的早到

收割到生命告别的体验

剥夺者的对象是信赖者

喜怒不测

突然又春暖花开

明媚而安

草根继续抒发另类的价值观

芭蕉就是芭蕉　雨打才有寓意

感恩如期而至　强迫症抻直跛脚猫

慈爱　和煦　佳话不断

没有生命的或缺

那些逆行运动牺牲者销声匿迹

——属于意外　孤证不立

一双翅膀

一双翅膀

青田的缝隙里

等待破茧后的风干

和投奔花朵的喜欢

如果是标本的翅膀

压平书页　故事也一定很悲戚

一双翅膀

临渊而立

脚下悬而未决的来路

如果画在街墙

山水之念也变得轻盈抒张

一双翅膀

从教堂屋顶飞向海河入口

是小鸟的短句和牧师的长调

如果落在真切的记忆

希望是那道迎面的光芒

一双翅膀

跳在离我最近的枝头

打破思考的极限　试探生活

像小飞象的耳朵要扛起全部的重量

古人怀揣的终极神通是御风而行

如果有一双巨型翅膀　羽翼俯视横空

纵意真实的面目

你原是微笑的天使　还是阴鸷的雷公

花落·题楼兰美女

花瓣的扭结层层剥开

伟大伴随着盲从的勇气

簌然掉落的花朵　继续沉寂的意志

总要慨叹声色开合的短促

而遮盖脸庞为你送行的是把应季的花束

西域万亩黄沙

如花的楼兰美女晶盐把干

玻璃展柜内　供我们驻足参观

旧日的容颜被今日之手描摹打扮

跨越山遥路远　让想象与美丽勾连

死亡是一个秘密

坠落和冷落　消失或转世

枯萎的尘埃走向自觉地沉潜

枝头峻节或是来日锦绣

铺陈者深隐　后会者复盘

入静

呐喊回到缝隙

法相回到自然

命运回到未知

坦途回到歧路

佛像回到石头

经卷回到草木

熠熠升空的仿佛熄灭

多少前往的已经散场

意念不断　召唤和驱赶

万物经霜　也经过阳光

抽干的高枝向众神竖起指尖

板结的泥土拒绝蝼蚁的往返

屋顶之上才有共鸣

鸟的叫声扩容天空

像诗歌的灵魂　那不确定的部分

都市生活篇

（一）

繁华广场
小章鱼气球逃逸了
从小手心　攥不住的经验缝隙

脱离城市楼群　高低错落的乱码
和无处不在的监控
通过狭窄的唯一是向上
自由表达天赋　开拓生路
飞翔
逃到大海般的蔚蓝里
与天空的广度相处的精神境遇

另一只小手
紧紧攥住大鲨鱼气球的
另一引线
怕这条也成为漏网之鱼
去寻找它的伙伴

(二)

城市很坚固

虫子似乎无缝可钻

不管是安居还是躲避

只有蜗牛大摇大摆

在窗口画线

用卷尺丈量着房产

我也拿着卷尺

用一生亦步亦趋按揭

把户主写在一片开阔地

（三）

认识的人越来越多

了解的人越来越少

拆迁的街道越来越多

怀旧的古迹越来越少

在家庭是主料

在社会是调料

酒桌呼朋喝弟许诺的

千万别信以为真

交心不是腾笼换鸟

戴的面具都十分粗糙

天上剜掉太阳

蓝色晴空离开天气预报

不是动物园的熊忘了闭眼

是气候变暖

使它们失去了冬眠的习惯

（四）

我刚好看到

一只蝴蝶停留

看得清斑斓

也看得见暗伤

我刚好看到

一株盆景结的果

硕大到无处沉坠

方寸地容不下膨胀的自己

我刚好看到

马车五大道拉客

跟驰骋和草原精神没有丝毫联系

穿梭小洋楼的一匹玩意儿

我刚好看到

一场雨洁净天气

练习流水打磨时间

对感慨和怀旧者清澈

我刚好看到

一片树丛中的粉嫩　城市红霞

晚风和思念同向

爱花　爱孤独　也爱云彩大俗大雅

我刚好看到

一个幸福的孕妇

肚子里看不见的孩子

生活刚好看得见的希望

念想

（一）

渔网有洞　不可漏洞
心心有念　并非执念
立竿见影　从左右旋的时间
鸟踩上海中的桅杆
马脱下压身的鞍鞯
花打开蝶翅的共识
青虫在叶子的边缘蚕食
漫不经心地
按照自己的身形裁剪

蟋蟀在最黑暗的保护

和最撕裂的诉求

下扎的虬根摆卖在明处

雕刻出跃升的花朵

执鞭者司牧　执镰者收割

坠落者不语

是果实的增重　也是风吹的枯萎

幸福不需要创意

真爱于思绪和团聚

千匹白马比不上那匹千里白马

意念的奔跑和突破　都是一种无限

（二）

爱自带念想

原谅自带善良

结根自带结冠

起点自带终点

出生自带临终关怀

无花果心带花朵

平起平坐　你中有我

万物多好啊　自带光辉
人性多好啊　可化万物
仰望的苍穹　自带隔空的镶嵌
阔新的山野　自带昭然的高度
羊群自带拥挤　向前争抢落下的草食
时间自带场景　向前驱赶告别和迁移

我思自带我在　我思恍然你在
记忆自带闪光　水的倒影正是纯洁雪峰

张家界天门山

蛮荒的山
胆大包天
留一扇天门
洞穿古今人神互观

天幕晴空万里
直视前生的梦境
鸟厌倦了翅膀
轻逸的云卷起行囊

下界绿色暗影

山耕四野人间清贫

曾经湘西儿女走不出来

也走不出去的离恨

冥冥的神祇

花为自己送行

草本老于木本

失足的鸟掷地无声

土家人手握宗庙原始香火

祭祀须臾改动的沧海乾坤

打开的天门　日月同登云路

夜与昼来回　滴溜转的眼珠

香格里拉

静水盈秋
横断山脉三江并流
落叶之轻比之于大树
落叶之重比之于归乡

消失的地平线
若有若无的才是世外桃源

大悲喜就是大眷恋
大浩荡必有大忧伤

时间的抓痕
跳峡的老虎不知所踪
不脱粒的稻谷拒绝重生
牛羊不敢下口的狼毒花遍地绯红

不声不响的脚步拽动
世上最大的转经筒
与时空消磨的日月成了时空
雪山湖泊低矮住处　隐秘的榻板房如上层建筑

锁好异域之门
宽恕异己之心

神性居于变化
去而复返经卷毛边
报本追源　转山的信徒消灾还愿
进退有度　转山的牦牛挤进圣殿

秘境的力量如果回应
比咆哮震撼的一定是鸟鸣
如果寂寞有归宿
一定跋涉无处不在的孤独

内卷

长颈鹿伸展高度
长脖子趋同林立
梢头嫩叶寥寥无几

换新曲儿秀了
累死自己　也要饿死同行
鹦鹉内卷的竞争维度升级

如果放弃超速成长
隐性的翅膀对飞翔显性的绝望
谁会拔掉了羽毛　否认是一只鸟
被一个提刀者追着满院乱跑

机器诗人忘我的抒情
《阳光失了玻璃窗》
远方的风景如此相近
如小摊上的庸庸的纪念品

三天没生意
伙计吃伙计
内卷来自熟悉
人工智能都在洞观人心
一点点挑衅人类的麻痹

终了　我们升华到人机合一
无可匹敌的我们
还是不是可歌可泣的自己

疫中无恙

（一）

果核留在枝条
分享最多的应该是飞鸟

枝叶尽失
树露出鸟巢
翅膀离开的家园
举世孤单

命运总像毛边玻璃
看不清
如隔着冰层不知道鱼的死生

雪凝固寒冷
白凝固大地
地下车库里　我注视着：
发动机盖小猫的余温和脚趾尖
依依不舍的恒久和改变
又记录了一次封冻的流年

（二）

窗内是我的世界
窗外是我的插图
空窗期悬浮着透明的玻璃

浇植物的杯子放在窗台
忽略中久坐的人
意念的蝴蝶逾越花的种类

枯藤的叶　爬向不辞而别
空置的佛龛　克服香火的实感
鸟鸣在出神　写作是另一种寂静的分身

创造意义为激励
拿掉意义为纯粹

不爱吃的胡萝卜喂蝈蝈
豢养的冬虫终于可以语冰
打开量子转移的联系
收束的生命跨向浩渺的距离

在不属于人类的季节
我们能不能跳过预留的彼岸
也有一段僭越时间的呐喊？

西林寺

日月的齿轮不会陷于泥泞的风雨
传送希望和收割碾压的正是同一种东西

坚硬的柔情　技艺娴熟的石匠
雕出的菩萨都一般模样

大殿五脊六兽
却比不上一只活动的猫　生命优雅地登高

踩着自己的影子　掠过水域
万千绒羽也比不上一只逍遥的小鸟

心的牢门从里面打开
诗人活在自己的诗中

苏轼照壁手书：不识庐山真面目

宝塔和深池　都是寺院至高至广的延伸
天堂和地狱　都在护佑人间因果的轴心

三界除名　念佛者想跳上脚下的那块彼岸
悟透的灵魂出离　不愿再回到肉身的困顿
鸟被翅膀留在半空　动荡一生的想象

如远处的庐山瀑布　有移步换形的香炉峰
念念不忘的虚构　直觉就是结局
飞流直下三千尺　绝壁成了绝句

废弃的铁路

连接津城和郊区
这是一条地方铁路
有了它才有的地方铁路局

四十多年
它曾那么风光
直插城市记忆
遇水架桥　逢阻开路
正面突入属于自己的繁荣

轧铃一响
指名报号：有火车到来
平交道口
上班的人群阻隔在推拉门外

现在终于
道杆不再落下
往返的铁马归田解甲

仅仅一个夏天的雨水
铁轨就已斑斑锈迹
枕木依然保存有序
像每次收复天空的大雁
不会自乱阵脚

蜥蜴在铁道爬来爬去
碎石中压抑的矮个基因
挺直身子报复性生长
虫儿鸣叫顺着草木的倒向

废弃的铁路
像从前的车马
走进老城旧事
没有什么亘古不变
花朵坚持不住要谢
更改不容置疑

没有了满载的货物

和车站人世的告别告白

封闭了道口值班的小房

农转工的路服师傅要另谋职业

铁路边的绿道林被铲除

灌木丛和鸟巢连根拔起

拾荒女人和废物堆也荡然无存

重重的铁轨　轻轻的陪伴

有那么多人和事在火车的命里活着

地铁站

地下穿行
火车快速刷过广告
像暗夜抢收的镰刀

封闭的站台　经受速度的飘移
我在庞德的意象里　温故花朵
静候一种奔赴的爱　定点占据
定点离开　像宿命的到来

鱼贯而入　鱼贯而出
不管是归家的游鱼

历险的游鱼　还是北漂的游鱼
像在绷紧的水面下　暗流的拥挤
相拥的三胞胎　分明一个哪吒
轮椅上的老者　像株活动的植被
社会碰壁的学子　还在翻看以仁为本的教诲
手拎着中秋月饼、各种礼盒的仓促匆忙
月球已经地质死亡　虚空的明月
仍带来实体和平等的仰望

打破黑暗的灿然失散的轨迹
走出异乡的地铁口
城市蓦然已是华灯初上

压岁

过年

坐首席的老人

掰开指头数年龄

准备递进祠堂

小孩子们数压岁新票

十分开心如意

一个不够用

一个用不完

老人和小孩子

他们在时间的门口

像贴着的上下联

承接答应　年代替换

多少暮晚深塑　已不走动心思

不再解答人生困惑

多少襁褓小车　仰面望见

最多的笑脸和蓝天

那些不厌其烦　看护的人或许离去

带着　喂给的香甜

正定大菩萨

僻静的古城

幽静的圣殿

巍峨的铜身

悠悠目光

一笑千年

千眼观照世界

因果缔造尊严

飞鸟凌空　飞檐走月

平原花开　落雪旁白

人世波涛　倾尽泪水

混迹着理想　也掀动欲望

千手打开

摆放自然秩序

撑住时间的距离

却摆放不了内心

需要那么多只手扶住苦难

像途经一把花束的盛放

提起庄重　提供良善　赞美人间

在困困的爱恨中孤军奋战

幽州台

三月桃花

四月海棠

五月槐花香

蔓延于枝头　沉重地坠落

内求开放　外求远播

那片草木的荫护

正是寂寞的方向

鸟的喑哑压抑逃离的激情

起自泥土的依偎　随时拔高光亮

飞鸟的眼里没有捆绑

岁月　每一刻暂停定格

每一刻也在无情地收割

前不见古人　后不见来者

悠悠过客　怆然诗人
眺望紧迫和一个个感动时刻

遇见触发告别　叶与蝶颠倒梦想
澎湃处看到激流　泅渡时看到孤舟
不变的永在和快速的迭代
那些花开心动　心动花开
亘古的修辞与现实的短促
万物与来者　总在超离地回响
天数茫茫前忧伤　不扶而直时酣畅

蝈蝈

钻出葫芦
像多肉植物代表的敦厚
长须探寻又停顿
像尖锐又收敛的忐忑之心

长脚挠足　翅膀抖擞
雄辩生存的方向　携带疾呼的理由

养的是情怀　听的是岁月
老去的我默认碧绿的蝈蝈
它公开独白　窗外的一场大雪皑皑

小大之变　囿于空间
光阴之恨　刻进基因
一种活着的力量　嘲笑时间的纵深

佝偻的局限无地自容
过期的未来与日俱增

虫儿

经过面前

小而又小的生命纤毫毕现

从糖罐里偷跑的虫子

它也知道甜

蚂蚁困惑于花荫中的光阴

没目的地寻找让我感到悲悯

蜘蛛指手画脚

黄蜂集群营巢

多动症的蜻蜓搔着头顶

瓢虫在粗枝大叶上醒目

时序凛冽　怀中的草虫不平则鸣

叫得季节颤抖　言轻无视寒冷

像孩子的冰糖葫芦　手握冬天夸张地炫红

最甜的点心

干枯的路

鲜嫩的草

木质的凉亭

感性的鸟鸣

山里的蚂蚁好大

野心也大

觊觎我们的午餐

一只对甜品感兴趣

竟孤身犯险爬上了面包

导游一巴掌扇远

揍扁的身体还在努力复原

却被其它蚂蚁咬合拖进土里

深陷至圣的黑暗

原来最后应急的食物

——是它自己

牺牲　成为英雄的条件

也成为同类最好吃的一块甜点

我突然关心起蚂蚁的社会时间：

敢于对陌生挑战　敢不敢直面背叛

一路向西

一路向西

短痛沿袭长痛

越走长城越多豁口

石山戈壁都有城墙的根基

一路向西

残阳沥血　白骨埋荒

风沙犯上作乱

幽暗的洞窟　躲避的飞天

一路向西

黄河九曲　浪高湍急

黄河瀑布收于一壶

万念归一

一路向西

信念重塑　玛尼石聚拢成堆

群山聚拢成高原

迈向信仰的台阶

一路向西

沧浪之源　清浅的水流

雪对白无声

鱼、碎石、时间滤过尘世细长的漏斗

西北望长安

西北望长安
望不尽积雪群山
丝路故里　古城秀朴
记忆回味在积淀和淡忘之间

花影入径　往事虚中带实
月明沧海　浮沉之心空旷

离去亲人更似亲人
西安却已不是长安
诗人丢了诗
幸存者意兴阑珊
暗夜焰火和城墙光带浓艳

斗十千的金银酒杯

青草湖水结成秘色瓷

满头珠翠各有各的插位

歌颂高度和那些琼楼人物

猫眯眼　终非睡

近乎神　终非神

修旧如旧　终非原建

铜镜生涯　朱唇点绛

白发银沁　继续抒情

渺小注脚　奇迹押韵

西北望长安

起高楼宴宾客的瞬间

横水河坝顺水田

多少支流接续源头　伸向海洋

多少消失接续出现　拉长未来的遥远

花间词

长安雨点

花间杯盏

岁月的团扇

遮掩容颜

羌管胡笳

汉家琵琶

山河旧梦

史书哗哗翻响

迭代演义的叩拜

弯腰者挂上了腰牌

旋生旋灭的传说

下凡的仙女路遇奔月的嫦娥

钟鼓隐约触及盛世的边沿

神龛空无一物　时间的供果

云谷有撤去阳光的沉寂

内心有蓦然搁浅的沉默

忧患者自忧

曲高者和寡

你勾你的花名册

我写我的将进酒

小鸟

盘山绕岭

齐长城犹在

齐云的鸟鸣也在

夯土墙石犹在

绿色新光彩也在

枯木代代相传

枯鸟从未发现

荒野荒凉

与一只小鸟闲步

它停下了翅膀　让寂静续飞

我停下了感受　让默契行走

幸福亦要清醒

它盼我别靠近　我盼它别飞远

我们都是庸常之物

自由意识可以相仿

却不能选择相信

我们偏安一刻　此刻

命和命运都不值得担心

深秋

放弃了最后的层林尽染

秋天像褪色的巨大宫殿

骏马卸了金色的鞍鞴

蹄声渐远　跑不开自己的尘烟

叶片和候鸟蓄势待飞

先知和全知都在光中急逝

风中的橡皮

最终擦去时间的残根

像诗人穷尽自我后的可能

冷却　覆白　铺呈

挽住寂静的活命

拔节喑哑的显形

诗和远方

世事　心空
巨细相容

翅膀比拟高处
对语山水人文
光线接近诗和远方

万卷书　万里路
颠簸的旅途
起伏的舟船
海内他乡故园　天地自我立言

闭关　修辞

概括情感

夏日流云

秋日归帆　陌路初上的灯盏

消失的风景

走失的约定

迷失的本性　没有探询何来倾诉

漫山遍野的石头

枝满春深的花朵

是岁月的意境　朴素观古今

鸟喙揪出杂羽

兽嘴舔舐文身

越接近源头

越触动内心　另眼相看灵魂

所依

睡前故事越讲越混乱
失明者陷入更深的黑暗

感性太直白　理性才体面
像臆想的文明史　夹带神话故事
附会和编撰的高光圆满

从种子到果实　膨胀扩散
有花朵的传送　朝开夜掩
从凡人到神　苦难逆行
有英雄的降临　自觉牺牲

一滴血吸引一群鲨鱼
一行御笔朱批污了一部汗青
一只蚂蚁出现会有更多的蚂蚁
一句"王侯将相宁有种乎"松动了一个朝代

停云落月　明灭已灭
怒火烧掉功德林
山顶千门只虚悬一座空门

弱水注于沧海　青春溺于单纯
无故施恩必将无礼要挟
独立高贵的迥异
一定对剥夺反抗　对馈赠质疑

关怀死者　也关怀生者
林木深深　外构草根的耐心
拆阅的花朵和架起的翅膀
对冲尘世的无常　欢喜事物的模样

在大理耳语

四季在相携又空转地连缀
春夏秋冬固化薄情的连枷

找不到生的原由
万物起源无从考据
草木活在干枯中
眼神活在虚化中
证词活在谎言中
轮回活在盲目中
因果活在逆向中
正义也深居简出
真理不承认失语

独树一帜的　试图摆脱中心
灵魂平庸的　总要涅槃重生

自然之主轻轻地叹息：
这不是他想要的祈祷
看　季节送达了候鸟
生命和申诉隔着美好
无情的经年景深日暖
女孩们彩弊流苏披肩
北斗之柄向东的司南
它想让舞台开在云端
篝火和舞蹈彻夜不眠
苍山洱海明媚中永生
青春和爱念始终纯净
像辰星活在古城上空

登高

路被海拔阻断
人间另辟蹊径

木讷的和尚
敏锐的鸟鸣
流水经过刀锋
落英告别簇拥
谁能御风而行
谁就秋天称圣

万法皆空
为什么一力修行
时间留不住
那回忆算什么

念想若无痕

为什么越陷越深

英雄指点江山

白鹭抬脚指探湖面

镜花虚荣　倒影过往

浅显的真理　深厚的美德

向空荡处吹去

善恶平衡

是否等同苦乐平衡

残生一线的千年白塔苦节素志成谜

雄鹰展开　比肩群山

我们都在登高

它在落脚　而我在寻找

推敲

充满困惑和不确定
诗人在驴背上俯仰
思考新意释放想象
天生我才的自信
私人文学里癫狂

草径荒园
僧在月下
选择打开的姿态
进入春夏之交的那扇门
反复推敲
日常和现场

由器及道
现实的隔断和精神区分
夜晚的果核是唐诗最艰深的苦吟

孑立时敏感
蓦然时痴念
黑色隐身黑暗
乌鸦不做夜的补丁
野树沉沉埋羽
皎白浸染梨花
枝干掀动自我出众
空门装不下的背影
孤履禅心踽踽独行

看佛像描摹

果实由淡变甜
木鱼声由急变缓
自然的感觉就是感觉超自然

高高的脚手架后
油漆匠
为泥菩萨上金
为木菩萨上色
天堂人间之中的路径

疾飞的鸟拼命展翅
疾飞的云忘我变形
菩萨在闭眼和睁眼之中迷离
面对
比死亡更险恶的沉沦
比认知更清醒的麻木
比屈膝更驯服的尊崇

本质和杂质对比共生
内心和想象相互接应

腾达者并未遭难
剩存者并不幸运
痛苦者却总在失眠
如同手中的画笔
猞猁耳朵耸立的那撮灵毛
活着听空气振动
捕风捉影
死后为圣容点睛

边城

船返渡口
村镇独径
一个时代的流水
搬运自己　也搬运落英

明镜解释须臾
断岩褶裂变迁
深林归鸟似有主
边城飞蓬心无涯

秧田宽菜园狭
横木匾竖屏架
榫卯结构老屋
天井端坐正位

流水中有石头

石头也藏有流水

收留无辜和原罪

前锋后钝的少年英雄

呼唤"娘子"字正腔圆

宗祠戏台上下长吁短叹

不甘平凡者沦于平凡

寂寂无名者寂寂无声

"这个人也许永远不回来了

也许明天回来"①

春江倒流　飘泊逆行

一段孤标的人文苦旅

坚持着

一个人的多数

一种幽暗的醒目

---

① 引自沈从文《边城》。

对红

一株株地分簇

"对红"花开得匀称

鲜艳高挑　炮打四门

然后一点点干瘪　熄灭

经历和来历的韵脚押在哪里

都是最好的安排

像每个被贯穿的日子

爱恨相续流动

不断有人出生　有人离去

执起的花和摘它的手

都曾面对这样的渴望和死亡

深陷和扩张　点钞般的手速

用生存的标准碾碎虚无

以升华的精神驱赶枯萎

人类的缺点　对偾张的顽固执念

执念（一）

一只蒲公英
高举来生的旗帜
寻找前世的根

离群的牧马
失去草料　失去家园
投奔野性

菩萨端坐莲台
无相托举有相

大象矮凳上背影孤独

眺望海天一色的远方

土不见天

城市拔地压住根系

老榕树的长须

探询一木成林概率

天敌有天生的距离

爱也可以遥不可及

鸟歌唱事实

正被事实歌唱

花以前是花

花以后是修辞

英雄以前是英雄

英雄以后是立场

执念（二）

植物的一季
就是草虫的一生
时间想让我们冷静
像恒温动物握住冰
体验世上的寒冷

总是触及心灵
鸟和花枝相互惊动
孤独和欢呼奠基
风筝通往云端释放
捉来的蝴蝶想戴在头上

挤压中的自尊
水滴石穿　裂缝捧起种子的花心
掉光叶子　霜浸的红柿保持独立
云层中乍现的阳光
使飞翔更接近光芒

善恶在对弈中围观

清醒迷茫都在判断

生死不间断地提问

四季在更替中清退

夏天的雨水漂染天空

长脖子的鸟交颈爱情

宿命的波纹树内旋转

大船爱上大海的苦咸

仰望长城理解岁月的阻隔

月亮辗转经过人生的流年

钟乳石传递滴水挺拔的梦想

海里的岩浆臆造岛屿的形状

蜻蜓站在显处供我们捕获

干瘪枝条突然又枝蔓横生

执念（三）

杂草偶然丛生　必然的虫鸣
野果分裂成种　飞翔的立足

紫红的桑葚曾泡在碗里
清水从拔凉的井中汲取

黄雀飞过
枝头空出一只蝉的位置

雨在仿旧的门环打转

铁流的列车在铁桥擦肩

女儿扳住我的双手

像当年的母亲数命的簸箕和斗

我哄着猫　猫也哄着我

照片上背景　懂得彼此照应

俗世回到了本然

错觉在执念童年

孔子论语

老子寡言

释家不可云说

岁月已渐行渐远

民窑鱼盘

在火中衍生

釉面上结晶

随性的笔触

粗率的画稿

寥寥草就民间的意趣

独当一面的鲜活大鲤鱼

奶奶的嫁妆瓷

父亲当年舍不得砸掉

我拿它盛过扑棱棱的饺子

女儿学美术时使用的水丞

现在

作为对先辈的念想

被摆放在玻璃柜里

架起来　害怕它摔倒

时间不舍昼夜地捕捉

提取纲举目张的真理

大鱼站着游　迭跃浮头

初衷层出　光亮流水

所有美好未完待续

十一月

藤蔓爬上
经验的种子

悬铃在响
风已经沉默

大地整理
万物的殊途同归

茫然中坦然

寂然中超然

最先想到的人和

最后想到的人已张望殆尽

心选之物

都酸中带甜

雨水之路还原了润泽

光影经过淡忘了无情

困境花园有欢愉的小桌

秋池有悄悄增长的容量

树枝向上空摊开所悟

褶皱的莲蓬撑起庞大的孤独

等待（一）

切开的苹果变色

没切开的长虫儿

所有的到来必将离开

像花开万里和眼前摆放的化石浮花

大河行地　自通有无

物种顺势的沿水而居

一座山　等风吹草动

一片湖　飞过鸟的身影

一切天空的晴朗

是爱恨清零的真相

祈祷成为静音模式
呻吟勾起轰然回放
牛羊从大地围栏走向货车围栏
迷人的生物链层层递进营养

我们等待经历时光和未到的远方
冥冥握紧善恶和因果严峻的力量

驽马和骥骐
等脚底锤上一块蹄铁
出生的婴孩巴巴小嘴儿
等亲吻的唇和长出咬碎一个人的牙齿

构陷拒绝平淡　传说适于流言
审判后的春天　什么能够扎根人间
等待

等待（二）

口粮等待变成种子

养蜂人等待花期

新生的王朝

等待开局的美丽

行旅等待步步天涯

神像等待认出权威

爱等待一见钟情

为悦己者容

命运等待转折

边款等待落在哪里

坠落的羽毛等待

验证终点和高度
杨柳等待变成神物
播撒菩萨手中的甘露

众神俯瞰人间
等待压抑的喧哗
苦难扛起革命
等待流血的代价

啮齿的耗子等待繁衍
突出的象牙等待拔除
飞天的鱼
等待抬高大海的领地
盛年的黄牛
等待留给盛餐还是震天皮鼓

一次次　打开伤痕累累的棱角
应对等待
一次次　谷底之路省视
跌倒后的品质

老子出关

须发飘髯　清气扑面
大音稀声　未名已名

白首跨青牛　反求正道
向前是驾驭　倒骑是规律

天启　也直觉
生死之间　繁花亦如清欢
死生之间　鸣蝉阅尽夏秋
自我惊醒的　自我折磨
涌动的蚕茧打开转世的闸门
孤独经不起簇拥　起因握不住息心

未来的未来者

未知世界的知情者

鸡鸣函谷　老子出关不知所终

戛然而止的结尾　生死莫测的断句

长路短雨的惜别意

山青水流的远行客

趋势　也必然

现实和理想碰撞人世

斗争和妥协造就秩序

杀伐的历史磨刀霍霍

动机的私欲　凌驾优越的暴力

老子出关　得道走失

无为之治　自然为师

无用之用　上德若谷

了知答案是求解　放下答案求解脱

一种预言穿透遮蔽

一束天赋之光的洞悉

反应

钉子揳进大树
我的快感来源于它的痛感
盯住树上的鸟鸣
我的愉悦来源于它的放松

骤雨打掉含苞待放
改变了做花的方向
谣言和暴力击穿的人生
总在缅怀中年轻

惊觉的钟鼓波浪式震撼
信仰随经筒螺旋式上升

鸟站在花朵坐过的地方
目视孤独　即时起落
草木一秋　细枝末节到下落不明
季节一次又一次欲擒故纵

在那些突发状况
飞机颠簸　船遇风浪
大雨洪涝　灾害乱窜
像开灯后发现四散而逃的小强

而那些温柔时刻
隔离中的思念
拼命挥手的浮现
枯枝入水瓶
拔出花和芽
像经过你的拯救和深情

神兽

在中国
神仙在空中分层
有神人就有神兽
佛祖老子有玄象青牛
山鬼乘赤豹兮从文狸

两仪生四象
有飞龙在天
有龙生九子
龙子和龙　样貌不似完全
或高处瞭望　或刀口舔血　或避水避火
功用安排在不同的空间

地下跑的　天上飞的
有麒麟凤凰领头
幽默的天津人也有四大神兽
拿拿龙　么蛾子　鬈鸟　走鸡
市井百态　贴切的方言比喻

有一天
年轻的女儿突然发问：
什么是牛鬼蛇神
我心里猛地一怔
时间真是加深也模糊记忆
刚刚过去了四十年
那些曾经的名词
已经只剩其名　不知其情　不解其意

稻草人

看到稻草人

就仿佛退回到

一个特殊时代的童年

一个肉身的孩子

和一个竹架的稻草人

枯荣之间雨水纪年

月圆月缺观看逆转

虽然补丁衣衫　都不被关注

他们彼此器重　从不感到孤单

他们也有分歧
那个孩子爱游荡
而稻草人立地不移
那个孩子喜欢鸟
而稻草人更喜欢驱离

一个冬天　稻草人被推倒
那个孩子也随父母
离开了农场　离开闭合的岁月
像孤儿离开孤儿院进入社会时间

确认

蜜蜂色盲
确认花朵　确认不了红色
鳄鱼水下眼睑闭合
不是参悟　而是埋伏

确认不了的虚无
活着进入梦乡　死后看到真相
沉默和谎话　言而无声　言而无信
昼夜有长短　并不错乱　颠倒的是睡眠

确认不了意识自觉

神祇有利则信　不利则弃

天选之子　确认不了是天佑之子

开放的意志总敌不过落花的归宿

高光的死亡　烈士也只能奔赴一次

野史狐禅生动着正史纪传

神秘果把所有的食物变甜

说书的演绎　唱戏的变脸

颂词美成箴言　出将入相兜转

星星云巅发光　确认怀念与疏远

而你在等天亮　白日翅膀的具象

门

开门迎客
掌柜的招财进宝
敞门纳谏
怕上司虎视眈眈

闭门觅句
诗人为精神分裂
醉心于意识

倚门卖笑
轻薄世风
贫不敢笑娼

心门无碍　无所在无所不在
空门无情　化妆间不容有镜

上帝之门关了又开　生机呈现

平生仅见
一道关不上的门
是在穷乡僻壤的山村
他的邻居告诉我
这个孤老从不关门
怕睡死了没人看见

邮筒

街区路边的

像个大绿铆钉的邮筒

好像已经尽不了什么义务

由于用处不大　油漆剥落

甚至被人塞进了杂物

小广告贴成了牛皮癣

头顶着谁抛弃的盒饭

今天

它被放倒

回忆的残梗彻底排除

像一段刨出来的绿植　源竭根枯

不能挡住城市扩路的脚步

作为与过去联系的管道
像撕毕业照的委屈孩子
退回父母身边收取安慰
它稀有杵在邮局的门前
邮递员还是在定点开启
见信如晤空空如也
那些投递往事
那些盼望的回复
那些慢慢写、慢慢看的文字
那些云笺翅膀飞传的交际
即时通信前喧语
承欢于学生小作文的一次练习

有感日本夏日祭在中國舉行

我怕
屈辱的岁月被遗忘

我怕
苦难的记忆被掩盖

我怕
最大的灾难是正被遗忘掩盖

相信明　相信暗
还有那些生死之间的麻木感

就此别过

藤蔓以迂取直　不愿纠缠
就此别过　最后时光不再挽留

失败是告别　成功也要告别
弹指间的无常
一半是安抚　一半是剪除

乌龟爬向甲骨　青竹刻化简书
猿进化成人　神退化成人　都是我们自身

枝条伸到远空　红色雨润承欢
触觉抓向高处　根源藏在出处

不翼而飞的枯萎　必朽事物的轮廓
时间公平地置换　万物卷入星团旋涡

有人放下箱囊　有人打点行装
一棵榕树还未成林　一个院落还未成村
飞翔纳入茧中　狗叫连连仿佛被迫害妄想

握紧手里的　深拥怀中的
共情者共鸣　共时者共行

什么都放　镜子又什么都没有
消失和回味　就此别过
同情之广度　悲情之深度
原始不是归真　浓后之淡才算

食客

爆香的街道
有特色和拿手宴
喝过啤酒的和牛
听过信天游的白羊
石斑鱼超大　价高者得
何况那些土里刨出的光辉
所有待食的动植物聚在一起

我们配享智慧
进攻自然　侵占社会
迫切地把一切变成一道道菜
不管是否鹬蚌相争
我们都要手到擒来
像昆虫的嘴不停地咀嚼
大快朵颐

一声巨响　真理没有洁癖
团结的鸽群开始崩溃
和平的诤言开始瓦解
生存的暴政　道德的陈述
是泾渭分明的流速
生命的同位感较量
以食为天的法则

喝茶　也喝酒
千秋大业和万丈红尘
相坐对饮

吃牛肉　也吃狗肉
俯首耕耘的和摇尾乞怜的
都进了汤锅

能给同类戴上镣铐
也能在老天爷不赏饭的灾年
易子而食　相生相克

一步之遥

一步之遥
生和死等秤
水和火对立
无耻和正确
同时会安排秩序

一步之遥
猫趴在电视机前
对《动物世界》栏目恍惚
绘画之前呈送鲜艳的自然
孩子经过天真　经过爱恨

一步之遥
青草和落红　用命反馈雨水分寸
挺立的春天握住每一丝的通感
虫鸣在野地荒芜　在罐中宠物
宣纸落墨诉状　晕染国画江山

一步之遥
黑夜的雪和白日的梦
互为光的质地
蝴蝶跌进粉彩　慈悲收纳困局
和尚的戒心和你的戒心
不在同一个世界

寻隐者

山下　鸟笼挂在树上

一只铁钩承受重量

里面是束缚的翅膀

树木给了它安慰

山上　柿子挂在树上

一只只枯枝压低缄默

里面是蓄势走动的核心

树木给了它持续

山峰　天成寺的铜钟和撞杵之间

声音空悬　像从少年跃至年迈

平息和触动之间牵连

接受和拒绝之间抵御

虚空壁垒堆砌

多少禅机和人世悲喜

悬空寺

云间阁影

寺立恒山

风景空悬的石子

等待降落

越停留越危险

云补山缺

陡峭结缘

信仰定格空中

鸟惊醒于暮鼓晨钟

超凡的庙宇
俗世的门牌
斗拱支架天庭一角
上赐日精月华光芒

意会的糖和甜
为圆融的野果增重
理想有一种能力
寄托是一种动力

因为渺远所以怀念
因为性情所以苦难

束之高阁的经典
流传不息的世俗之书
摇摇欲坠的悲悯和拮据的虔信
佛手难抚平人心
万代高擎的香火　能否捧起当世的精神

看《桃花扇》

定情的折扇
拉开了场面

京韵京白
才子佳人
惊鸿明镜映桃花

男女情事的小角色
国家兴亡的大时代

青楼女坚贞不染
溅血点作桃花扇
世家子屈膝求荣

梦里是蝶

梦外是花

发生和归来寄身苦难的原点

百年流水

桃花飘零

江山沉沦

油彩容颜未换

不知对面何人

空间报恩

剩水残山未了聚散

都在场上场下

时间报仇

青红儿女遁迹无门

终是千古遗恨

蒲公英

生有处

死有地

它并未飞

在小小地发绿

扎根胜于兜风

像鸟儿飞行　从没有觅食主动

似寡言又似坐禅

短命的草本倾尽全力

想株高叶展

真理信仰常识

真情迷恋纯粹

默唱者和歌　无助者自逐

结庐的故园

结草的河岸

和那些流水虚掷

说不能放弃的人都已经离开

一口气　一阵风　一个惯性

溢出的故事就没了

而超越遏制的传说

时时翻动思念　放空遥远

举在头上的瞬间

背景华庭　白中带蓝

世界很忙

世界很忙
驴子在走
磨子在转
缚倒之猪吭哧
舞台正美妆
流水多倩影

泥土有限
埋不下太深的孽根
绿意脱颖而出　自给自足
长栖枝头的是鸟窝和硕果
时光里活着　都不愿意褪色

世界很忙

向海而红的落日

向天虚构的蔚蓝

信号灯闪烁三色

相互不停地取代地位

仅会一首歌的洒水车从城市飘过

肉食者相互挑战

素食者抱团取暖

观摩动物却害怕兽性

迁怒宗教却畏惧神权

动机摇撼真意　真理选边站队

被辜负的万物与我们共称人世

所爱很少　但很重要

垂枝的骨朵忙着上翘

给日月以温情吧

而不是给温情以日月

致仓央嘉措

种子自破

而后破土

歧途为路

扩张为歌

喜欢幅员辽阔

格桑花高寒绽放

诗在雪域世代流浪

真情为疾苦开出药方

慈悲相和愤怒相
都要进香
菩提树籽众多
落地念佛
解放的高度
不负如来不负卿
接近最悲凉的诗意
雪线上下谁更美丽

金子做的灵塔
不允身躯安放
他们不要英雄
却伸手要拯救
出世的镇定
立世的迷茫
庙宇旁长街深远
炊烟别样的清欢
白塔落乌鸦和落雪都显洁白
没有哪种死更像他活着
蔓延理想和尘世的冰凉

泉州开元寺榕树

和所有树都相同
在扎根和复制
和所见的树都不同
可以独木成林

自己并排　自己扩散
一棵榕树成就林荫
步步向远　扩冠加冕
像团结了所有人
打开孤独的集体主义
保持着更久的站立

近若咫尺的弘一纪念馆
这排榕树林
恍如法师弘一和李叔同中间站着
种种才华奇珍和离散的女人们
有情和无情也在无休止地辩论

光年

光年是路程
而非时间
寂静卡进黑暗
童年的那束手电
射向深空
曾经　或许还在埋没声音飞行

超不出光的流速
难以荡离太阳系
我们像绞盘上的潜水员
手中风筝　遛狗的绳子紧绷

幸运的文明　杞人忧天
对恐惧绝望　对信念怀疑
失去了血缘　找不到基因
失去了地缘　找不到来路
打了氧的观赏鱼在塑料袋里扑腾
命运的列车在轨道上咣当作响

烂苹果的汁里钻出虫子
爬上海岸的演化地球主人
面对空缺
总有生物填补剩余的灭绝
面对黑暗
总有不言自明的灯火和星辰

因果和随机铺满
宇宙的奥秘
是鬼神灵异　还是程序虚拟
毁灭及生存参与到宇宙法力
虔诚徒劳的侍奉　也成为它的一部分
像供养人的名姓　镌刻古老神像上擦不掉的荣光

没有一只狗
跑得出玉林

没有一只狗跑得出玉林
猫也不能
过去的谄宠、打手或伴侣
现在就是食材
因为遇到了
相爱和相害的主宰
谁也不关心你从何而来
美味的身后名盖过鲜活的生命

曾经深谙规则
让你当狗就当狗
让你当猫就当猫

颜值要高　性情遂顺　多才多艺
扒门守院　呲牙狂吠
想撸就撸　恭谨驯服　不敢心怀旧恨
随时做到猫狗性格反转
翻脸无情时嗜血的狼性
忍受随便下拉的底线
舔着腥叫春　食色夜晚

没有一只狗跑得出玉林
猫也不能
要耐受打击　要倾其所有
要你撒欢　首先得要你服从
现在要你皮肉　首先得要你的命
最绝望的精神勒索
要你服从　又要你命
嘴边长白毛的老猫老狗
有表演的人格　又有被害的深刻
也许　倒挂金钩的白条
是此生的狸德和来世的解脱

住院

仿佛迅速进入老龄
经历父辈走过的疼痛
生之真理举重若轻
像高举的玻璃吊瓶
活之流程举轻若重
一点一滴渗入咸苦的透明

朝圣似的病房窗口
天外翠蓝　日边金红
天空过滤不掉鸟道
翅膀平行从眼前飞
真想和它们在一起

感受生命的微不足道
压倒你的都是最后一棵稻草
倾听耳边护士的呼号

远处隐约送行的响器
外面即使是泼天富贵
遍地炎凉都没关系
管他是无尽来世
还是无量的过去
一定要幸福地活在当下

看久了变故
会忘记柔软
我在紧张地思考
像老人忘记银行密码般焦虑
病床上收紧身体
像出生的婴儿
等待放回人间
是不是《楚门的世界》里再英雄多年？

独白

高亢处悲悯　浪漫处艰辛
爱生出婆娑　愿生出净土

知道往哪里去
迷路的是风　不是种子
增殖主义延展　表现主义幽深

蝴蝶的口器接近蕊　发现
最小的花也能打开最大的芳华

敬畏苦难的考验　发现
最短的箴言能启迪无量的漫长

褪掉斑斓世界的那身斑斓　发现
个性的皮革未加工前的道道暗伤

叶子落光后看清了巢
可巢里除了尘土已没有了鸟
时间和空间会相互注销
想持续留住的总在衰老
你的亲人
包括那只鹦鹉　逐渐降低的语调

有刺就能蜇
有壳就能躲
有交换就有收买
躺倒的甲虫肢体乱蹬
弯曲的螳臂挥舞进攻
天上一脚地下一脚　令蚂蚁敬畏
树后伸出本性的尾巴　猜猜我们是谁

独处

觉悟是迟钝后的利器
半闭的花不求甚解
定格的意志保鲜距离

你收获透红的苹果
可能错过了绿色的苹果花
所以落叶时你要拼命看
出叶子时你也要拼命看

时间在分段中可怕
湖上晴光　庭前积雪
树一次次又把自己脱干净
无限升起的总在无限破灭

热茶中沉湎　　浓酣中慨然
增强与自己相处的能力
水族之乐是客厅摆设
活在清亮的寡欢

抵御热爱　　练习回避
不想见的就不要再见
面目模糊胜于面目全非

云卷云舒是计算的手段
回忆沉重如鹰隼压垂枝
一枚摇摇反弹的果实

依赖于依赖　　适应于适应
登堂入室的猫　　一遍遍换毛
翅膀心满意足　　飞鸟我行我素
清心的、治本的
归根的、归真的
——皆执迷不悟

喝蛇酒

当地人吃野菜
要喝点酒压口

玻璃大器皿
这条蛇
不能像其他蛇
一生都在蜕皮　膨胀个头

它口尾相衔
如直觉触碰理性
表情扑朔迷离
如奇花盘整　比绽放张扬

飘浮在一扇窗
执迷于一面镜
好像进到一瓶酒
真的被泡成了一瓶酒

隔着透明的苦水
面面相觑
是噬不见齿的时间
甄选的营养
我们仿若醉眼看醉人
全部窖藏的范本

伪装者

美颜藏于滤镜
枯叶蝶和枯叶层叠
兰花螳螂和兰花重瓣
迷惑和欺骗锻炼本领
鲜艳和素白俱已成形

反季节的蔬果闪亮诱惑
转基因是物种隐含的部分
抖动簇新雀屏的舞者
炫目是对性别误判的部分

孩子爱童年的木马
希腊人施展木马计
捕食者眼波流露悲情
猪笼草合掌祈祷
攥紧监狱的线条

弥天大风中弥天大谎
秘密规则里曲解正义

纯情的毒药从杯底慢慢溶解
无色无味
鲜衣怒马的少年一饮而尽
至死未悔

儿童画·颜色

万物生存

就有颜色

蜜蜂携带自己的黄金

鸽子含着大洪水中那片绿叶

沁血的玫瑰饱满鲜亮

不分等级　不同种族　多彩的皮肤

儿童画正如它的主人

纯净透明　温暖快乐

世界要和平宁静

时光要和颜悦色

儿童画·春天

雪孩子还没有被拎走

春

又递过了清新的嫩枝

寸草思之入微

小动物在森林热爱

狼和羊背靠温暖

百鸟衔谷

蝴蝶空中翩跹

相互当作寻觅的落点

火车攀爬彩虹

最弱小的孩子登上异形飞船

自幻想花园出入平面空间

造物者般的伟大传说满天

那些年

天空
透支白天
也透支夜晚
翻覆的眼睑
自我擦拭蔚蓝

熟戏反复唱
生书讲章回
无数的绕道挡不住鸟的归巢
包裹果实和肉身急流的土地
年年漫溢和伸张青草的逻辑

没有多余的枝头

未来不会缺席

检视和垂顾的花蕾

打开时间的死结

有色的寂寞和不空的心扉

因时而动

或有远归和晚回

更迭不尽地驻足

感受昼夜之光

感受冬天的阴霾和夏日的明亮

羽翼未丰　候鸟已标注远方的纬度

美丽不属于开过的花朵

但属于锦簇的记忆和观花的你

泡沫的云朵在水面休眠

人间的烟火熏红了灶神的双眼

牵着你的手　不提当年胜似当年

老人院见闻

他的儿女说　他也是个精神病人
当然这无法建档和证明
他经常吵闹丢了东西找不着　或往屋里拾垃圾
不胜其烦
儿女卖了署名他和故去老伴的房产
把他推进了养老院

他总在和失能做最后的斗争
扶着轮椅挪位在余生的空间
他驱动轮椅行动　轮椅也给他支撑
他颤颤巍巍
像那只抬起头又低下去的小鸡闹钟
他趔趄歪斜
像断腿的昆虫振作翅膀
平衡在高调的精神和下移的伦理
一个力不从心的灵魂伙计
做独立的独白
没有呼应的呼唤

儿童福利院

孩子们漂亮

打扮也漂亮

拉着我们喊：妈妈爸爸

表达千篇一律的感谢

幸福地游戏跳舞

我们热泪盈眶

体验施善者的满足

院长透露

都是挑好的给你们看

还有更多

更残缺的小朋友

藏在后楼

生而为人第一次

感到仪式的虚荣

审美是一种丑陋

蓟州白塔

刚看二月花
又见三秋树
向阳的白塔
植物自己点缀
经霜的甘蔗甜
经九的皮毛暖
累累红像越来越深的考验

草木沉入泥土
行者归入暮色
空间囊括成茧
时间抽丝剥线
风的浩瀚
投入铃声的绝响
鸟倒影水面　流动的欢颜

觉迷即行出离
顿悟没有渐次
谁安放的塔尖
谁就安放了积雪
古塔上掉了块老砖
过去的豁口　迅速就镶嵌了个鸟窝

咏叹

拿上手的蝉蜕

是第几次变化

谜底未解密

主角已没了踪迹

落日是白昼

最后的注视

黄金之眼急速下坠

始料未及的　不明就里

枝条收缩　叶子连坐

是葬花吟　也是秋风赋

恩泽拿出传颂

吹捧锦上之花　青史良辰

无恶不作的放下屠刀

蒲团打坐的持戒修行

都想通往不朽的旅程

水里拿出了鱼
土里拿出了瓷器
铁里拿出枪也拿出农具

成熟挂在鱼嘴脱钩的伤痕
金属嚼环勒住牲口的咬合

幸福总是波澜不惊
苦难总是情节相似
不经意释放的骨朵
悄悄背过脸去的泪流
都是筹谋已久等候已久

真相撑不住真理　唯良知可贵
热忱之心勇于接纳陌生　而无力奉迎亲情

悲观主义万事成空成累
立体主义陶醉果实的悬垂
人生向晚　枯栏孤石的内心
感时花溅泪　冲破任何时代的情感：
被恨的事物得到宽恕
被爱的事物永不辜负

黄土地蓬草

黄土里扎根
雷霆中雨露

最好的祈盼
最坏的打算

苦修者不一定是穷人
但穷人一定在世上苦修

春天已过　依旧矮小
秋风即去　也不会挽留

反复忽略　再被
从你身上领命的羊牛马
反复确认

荒坡和荒水的高原
一遍遍收复失地　争夺长存的流转
像信天游结束　白云又开了头

船过渭水

船过渭河
逝水退向远方
翻过沙丘
风退向远方
越过长安
丝路退向远方

芙蓉园终将老去
花朵依旧常新
树在高处生寒
厚重的黄土
潜流的黄泉

寂寂无语地瞭望

阴山的阴影

大漠之上的大雪

载入史册的英雄

万里长城之上的万里长空

爱过的被重新爱着

那活下去的习惯

和死不足惜的勇气

不知者谓之神

滴水暗从急流

无风絮自飞

命运的驱动力

坟上的青绿　短命的落红

是季节的必经流量

刀子总要割向肥羊

西北皮袄

命里一尺　铺开一丈

衔念而生的人间

死亡和迭跃都在驯良的真相

在哪儿

四季在折叠　也在倒叙
圆润在露珠　也在你的明眸

五色土在社稷坛　也在民间
佛祖在西边　也在人世救苦解难

小动物在城市管道残喘
大殿兽脊在探天的飞檐

稻草人闻风摇晃　那些鸟不是猎物
是它站立的基础

美玉去向不明　顽石密集成山
自成风景

鹧鸪缺少彼此的呼唤　显示凄惨
画眉示范绣眼　看不透竖线的围栏

祈祷的神迹故弄玄虚
福报覆盖幸存者偏差游戏

月球总在对着地球一面　是宇宙的探头
和马路上黑黢黢的监控　无歇无休

花朵让出的枝头　现在是小鸟的跑道
隐匿处无声　悠然者出尘

定州城墙

重檐的城楼
刻意的高度
移走的朝代
在新旧砖石上混用
厚实的城门洞
早已不分进口出口
像一颗坍塌的内心
定州古城只留南门
坎坷沉默
明暗古今
努力存活样板房的隐忍

几杆子电线

漆漆的门洞

人越聚越多和光阴一起

光滑的石板路等灯解禁

红黄绿在黑白片中自醒

眨眼放跑过江之鲫的电动

历史中塑形重现

可时间并不兼容

当我穿着汉服合影

比土命的老城谁更年轻

大圣归来

孙悟空出世石破天惊
水帘洞揭开幕布人生

猴子半世为王
有技能有暴力
掀翻圣殿天宫

栽跟头拾明白
猴子半路为僧
名气大于内在

参禅是低头还是拜倒
取经是修福还是避罪
孩子眼里的世界
最容不得
女人流泪　豪杰下跪

好剧本都应干云冲天
得偿所愿　哪来屈膝神位

不要宇宙的和谐
不走既定的轨道
石头的种子揭天掀地
像沸水开锅捅下蜂窝
抡起铁棒还物于物
重新打乱星星的组合

逼出来的志气
斗出来的胆量
归来者齐天大圣
既为豪情也为平等

周年祭怀

一滴水迅捷的过往
漂流的鱼在游荡

扎根的盼望翘首
种子在黑暗沉吟

野草下取土掊坟
虫子攻破树的年轮

存在感的时光
无常支立有常

花瓣落地和落水皆无踪迹
比较中越来越矮小的墓地

远山倾斜平原
孩子依偎母亲

今年大大的雨水
坟上的绿草　刚丰沛便铲除

土里土外都对春天感应
只是我们对它的态度不同

"对我来"

小时候

有一次

听南下剿过匪的父亲

讲亲身经历

告诉我长江激流中

有一块巨石

自我标榜题写"对我来"

猛浪中飘摇的每一艘木船

都像江崖峭壁危险的悬棺

鼓足勇气撞上去

却能被暗流推向巨石两边

躲闪害怕就会碰得粉身碎骨

成年后坐船游三峡

发现

惊涛骇浪没了

"对我来"巨石没了

好奇心没了

现在　父亲也没了

冲天冠

屋脊之巅

一马平川

奔跑的藏羚羊

双角引申修长

打不死的小强

得意地扳动双须

探测和通达生活的方向

舞台失传的绝活

吕布戏貂蝉

一只翎羽直竖

一只翅向美人脸颊撩拨

上接天线

下接地气

曾经啊　老领导谆谆教导

我理解　同命的真实和超拔的领悟

两者种出耐活的诗歌

废钢厂

麻雀和灌木
乌鸦和杂树
自然主义高歌
小草显示荒芜

这不是世外桃源
也不是秘密花园
这是一家废弃的钢厂
比钢筋水泥的城市更坚硬的企业

出入过规模产业的大军
紧闭的礼堂传出过集体掌声
累累的名气　超常的奉献
和那些劳模们的闪闪荣誉

工人难离厂房机械
鸟难离老树的命根
蜘蛛吐丝尚有去处

终于嚷嚷着要盘整
转型期必经的阵痛

飞溅的钢花
高炉的轰鸣
曾经掩埋蝉声嘶力竭的一生

现在它们不肯宽恕
开始喋喋不休……

小水电站

这座水电站

是个小型枢纽

比我年纪还大

每次看到它

记忆便涌现红色

拱坝水位的落差

呈现时间的错位

一道道相隔的空当

不同年代水线攀爬叠加的老旧浸渍

再见拦河大闸

蜘蛛已经结网

没翅膀的捕捉撕扯翅膀

流浪野猫扑住灵巧的小鸟

最近又听说了一些状况

它淹没了一对殉情的青年

几个丢下书包纳凉游泳的孩子

和一个失足的老人

废弃的水电站　是不是怀恨在心

里约

天上有鹰

眼睛比脑还大

警戒心化成肾上腺素

天上有风暴

中心像口井

命运倾覆的雷霆

天上有星图

不缺仰望者

每天找不同

地上有海岸

有科科瓦多山

白色的神祇于峰巅

张开手想拥抱每一个人

上帝的进取心

尼亚加拉瀑布

选择的心在高处

飞鸟不需要跑道

荒野的尼亚加拉河

裹挟杂质和淡水鱼

千米绝壁一跃而起

世俗滔天

惊心的落差

高山流水的决断

成就万兽怒吼

倾吐百年孤独

打碎时间的泡沫
撑开分疆裂土的帘幕
像那些奔波压迫的人生
藐视一切的独行

解放为听者赋声
递进出新的河流

潮湿为未来赋形
升腾五大湖的雪墙

夜归的留学女儿
探视灯下苦读的路径
那遥远的秘境
依旧流淌着呜咽的雷鸣
思绪向史诗般的迁徙靠拢

秋分

草木由浅入深

夜与昼势均力敌

有如天壤

黑白感光

短秆麦　长穗稻

熟透的柿果结实金芒

渔阳

凉风满枝　鼓角犹存

大雁飞过戚继光点将台

一样

江花边月笑平生地来往[①]

[①] 戚继光曾戍守渔阳，也曾在东南沿海力战倭寇，其有诗云："南北驱驰报主情，江花边月笑平生。"

同时

光是物质　也是能量

窗口在悄悄地换季

打开心灵之窗和未来的向往

梨花开　增加了一些回忆

梨花落　放下了一些过去

梦里会飞的　也会迅捷飞走

上桌的葡萄和红酒

原始和历练都令人甜醉

山顶的雪和圣湖相望

动的流淌来自静的淡妆

怀抱着婴儿　有孩子的梦境和母亲的梦想

遭遇生活　也寻找庇护

金妆的威仪　素面的神性

灰尘悬浮穹顶　也悬浮藻井

明眸凝视星辰　乌鸦为黑夜抹黑

痛苦比喜悦洁净　优点是缺点的根源

死亡没了对手　也就死到临头

对垒与和解　靠近与坚信

万丈光芒盘桓的花园　不谋而合的花朵和春天

沙画坛城

一段深思
来自古老的图腾
风吹散流沙　尘埃的命
一掬细沙构建世间繁华　坛城的梦

人无所事　心无所思
空间内蕴而时间绵长

圆形坛城
容器盛起瞬间的悲喜
像一只右旋的法螺
逆势上攀　曲折地回转

艰辛地制作　精致地聚集
又断然摧毁　如宝塔到瓦砾
荒芜丛生　承受被铲除的义务
果实枯瘪　蔓延到未来的突出

拳头攥紧　又松开
衰败的荆柴　曾经的栖木
轻而易举的羽毛　曾经超越高度的逍遥
清净心移走孤独感
所有的执念自行了断

关于警惕

野猫斜睨惊惧于
我虚掷的目光

窗前植物
夜晚交换二氧化碳
同样令我不安

鸿雁视线开阔
飞行编队首尾相顾
减小阻力　也准备空中御敌

忠贞不渝的爱情
很多时候也被要求
房本和资产加上对方的名姓

荤口念佛的在指引：
酒肉穿肠过　菩萨心中坐
大反派则平静道白：
我不坏　只因为生错了时代

有欲望　有利益
容易激发毁物的想象
君子不入险地　不立危墙
落在靶子上的鸟　不是目标也成了目标

观《雪景图》

草白千里
群山拱玉

冰封溪流
鱼潜深藻
杯茶壶酒
寂庐听雪

渔樵问答
僧道说法
风霜弥散
鹤守梅花

天寒地冻
相同的冷
各自的情
时间败于虚无
经过自己的独孤

泰山石摆件

身世神秘
很有来历
色彩对比强烈
渗透灵性纹理

凝望的意义
曾经的巅峰
一块块累加
直接还原泰山

孤立的香火
修行的本意
作为隐者
鉴往知今
从这儿

九州待命

封禅封神

看惯陌路上的陌生人

理解草木江山的雄心

自由是自然的位置

自然是自由的表现

石来运转的追捧

它已经回不到原处

被塑造　赏玩　打磨掉了刚性

现在它光华圆润

像一只猫被剪掉胡须

找不到空间距离　看不出薄薄的情绪

又见月圆

正月十五

这一块寒冰

来自季节的逆天而行

内装止水　外放光芒

苍穹的夜色动容

浑厚的云层脱颖

最圆时孤注一掷

涌溢深邃　仿若饱满多汁

是存在主义的托盘

自由意志者的杯盏

你代表没有刻度的千古

我有一瞬息觉察的感悟

最像走过

千百年的弯犁和背脊

农历的饥馑不治而愈

一段野长城

鸟穿云
穿过云千变万化的内心

出世入世短暂的甲虫
小翅膀翻过崇山峻岭

嶙峋的石头急转突现
陡峭台阶腐烂掉通行

这里雏鸟的嘴
张得比身子还大

黄昏哽咽的柿子
比落日还大

无险可守

羊群向坡上漫灌

骑墙的野猫和骑草的兔

忽隐忽现的天赋

荒草涉及关隘古道

潮汐波及空城石岸

漂泊者被孤独漂泊

蒲公英拔掉自己寻找未知的袤远

忍耐比具体更具体

宽恕比虚无更虚无

风景的大地

如今只相信流行的四季

与空白的时间为邻

消磨历史的流放和蜿蜒的耐心

竹境

竹子

在青色拔节

在笋上冒尖

在文玩上杂项

在笛子上良宵

韧性在扁担上苍老

世间的罪恶在书简难书

在独辟蹊径里听雨

风沿着顺从倾倒　竹海满流

旷达的竹林

深处的风景

这风景登过名信片

名信片上祝愿的笔迹

年轻的落款人巧笑倩兮

山行

认得会飞的鸟
但不知道具体是哪一只
长情地嘤鸣

认得留不住的时间
但不知道具体是哪一刻
跋涉着因果

满目的绿　藏起了成熟
初春的常态是年轻

泉生暖意　冰自我解体
松上看风　山野正筹措花序

天宽地窄　世味崎岖

一生的弯路　我弯腰致意

沉默的意义在容纳

信仰的意义在归属

生命的意义在塑造

山行的意义在独步

扛着触角延伸的探寻

扇动羽翼遨游的转身

善营养精神　恶干预命运

鹿老了角硬　庙老了神灵

心中有猛虎　还想入山门？

小师傅没有经过人生意义

侃侃阐述宇宙的深远秘密

深居

一己悲欢
一杯茶袅袅回甘
高调的咏叹后缀
此时顿笔　鸟鸣继续

没见过山顶千门次第开
就欣赏花开次第

养不了猎豹老虎
养只猫望梅止渴

所有的娇艳都模仿同一束花朵
所有的往日都模仿同一种孤独

所有的故乡都模仿同一座老屋
所有的时间都模仿同一种拾荒

被蹉跎柔软　被真相空闲
所有的感同身受都模仿心之想象

冬炉夏扇维系生活
金简玉书口口相传
道自命不凡　至朴在前
纸上得来的　敌不住成败之间命运的折返

年老顺从那把摇椅　时时
被未来拷问　被一种意识强行治疗

春华灼灼　银汉迢迢
一只鸡误啼　霜晨尚早

黑暗和黎明
相互抵触　相互追赶
一朵花和另一朵形态暗合　遥遥相望
超白玻璃鱼缸　无休止的时光滤水清响

海河游船

中年回望
船过桥洞
那片刺眼的水光

对水冥想
水也自我冥想

漆黑逐渐接近完整
白日骤然拉开亮度

记忆的门坎
像蒲公英不能触及
从这里经过
仿佛一碰变得衰老

时间像鸭背上的水
来得快也去得疾

天空反刍日月

金蝉自己逼走自己

花朵在众望所归中孤寂

上帝的名言：要有光

光本身就是一段名言

海河摇晃津城

摇摆意志的绳索

青藤在老洋房蔓延

明确百年前的夏天

对未来一无所知

越来越深的恐惧

握住伸过来的每一只手

先管生存　再说歧路

桥雕的雄狮尚在沉睡

腹中汹涌巨大的饥馑

鸽子上天　逃离公共生活的牢笼

神灵未醒　世上仿佛已柳暗花明

死亡过后

迁徙路上丢失的死鸟
色彩的翅膀单薄变淡

烤乳鸽咕咕和平的念头
咸鱼的生鲜都拌了米饭

变色龙制作标本时刻
最后定格的是哪层斑斓酷炫

油炸蝉蛹坏了破茧的闸门
猛兽倒下肥沃了素食者的青草

逃不掉的聚会　那最后的晚餐
就连神祇也不能够幸免

大地在告白中返青
光影的游移重复绿色

沙山上的枯木违背春天的态度
异化成艺术　在生命以外分蘖

人间的血和天堂的夕阳　相向的欲望
如果莫须有成了标准理由
喧腾的种子　将谢绝美好的花圃
那些真正的死亡留香
就是生命最后的尊严和顽强

十三陵神路

望川之水寒凉

掉队的神兽没有入笼

还在痛惜往返

引路的逝者已走进黑暗

隐忍的押解

王者荣耀的参照

阴阳两界的石像

可以合理地虚构:

独角兽

插翅膀的大象

高耸常人的翁仲

臣与兽都要俯首仪卫

共同驯服于高贵

神道相对两列
力量限定于每块方砖
庞然大物
如深陷难以摆脱的泥沼
跨不开寸步的棋局
像一盘搁置的死棋

守望临终的门槛
漫长的生死徘徊
怪力乱神的魔兽
眼睁睁看开棺掘墓
神路是伤口的线头

一部分人
热衷刨祖灵　为过去的不可变找依据
也有一部分人
乘船游太空　打破窒息穿越永在的秘密

八月十五

传说在葡萄爬的凉棚夜话
飞机在星星搭的长棚夜行

八月十五　模糊的月亮
在心中也仿若高清
盘整的欲念
从热爱的边缘即是开端

天涯共此时观望
盈满的江水　久未涌动的潮汐
浩瀚之心抵近

果实爆浆　新酒飘香
稻谷和月亮
透过挂杯的中秋明黄

月亮一遍遍走在故乡他乡
记起诺言和那年的模样
八月十五有没有月亮
我也认定你低头浸润在月光

麦积山

厚土高山　摞起金灿灿的麦垛

一个个石窟隔出　陌生的房间

废弃的灯盏　参禅者抽穗的冥想

泥人的土性　脱胎为佛性

鸟谛听山林的寂静　山容纳鸟鸣的空灵

根深叶茂　草窝草坡

劳作的耕牛不管穷富

出同样的力　干同样的活

石化的在风化

断崖的菩萨模糊了容颜

年年动情地拟人　俯视众生携手结缘

千年的麦垛　天雨的来意

现实的口粮　温饱着信仰

一颗麦子一道缝

每一个秋天难以分辨

总不能让碗空口无凭　面对秋天

卖火柴的小女孩儿

墙上的儿童画

忽然失去了天真

能够认清的真相

决不可能是善良

卖火柴的小女孩儿

没人去爱

没有青春

根本没有长大成人

冰天雪地

交出身体

以死与世无争

陶醉秘境中的柔情
一次次划火柴
像流星要为天堂点灯

幸福的眼神
为色彩和亲人而生
梦有很多重复
残忍一遍遍抛光
就像温暖的篝火
对蛾子致命的诱惑

杜撰的童话
清醒的挣扎
弱者勇气的慰藉
往往属于一根火柴
燃烧的危险引线
划开黑暗的阴影
惊动荒芜的同情和搁浅的正义
最难接受的是
美好单纯的童年
能不能不成为残酷的艺术经验

娘子军

你或许见过

唾弃的"黄色娘子军"

她们衣裳简单

亵渎八角帽

在饮肆茶楼

灯红酒绿间轻薄舞蹈

我见过

真正的红色娘子军

高高五指山　清清万泉河

百岁老人身着灰蓝衣装

和一群小孩童"红军"拥抱合影

解放回忆的人　曾是自我解放的部分

小家伙儿们不停催问离散的结局

"最后呢?"

"最后就到了今天"

我理解她讳莫如深的直白

也能想象跨越艰难的时代和曲折的经历

正如看到她此刻发呆心如止水

却像我一样眼含热泪

戏台

山西五爷庙
清凉圣地寺院繁华
静修之地楼台还愿

千年的老树
百年的立像
谁向谁膜拜张望

千年的戏折
百年的台榭
谁承载光阴过场

地方扮相　唱腔高亢
弄假传真的云袖冠袍
走马灯般的锣鼓铿锵

镜里采花　碗里因果
咫尺禅房打坐五蕴皆空
生命承欢生命　木鱼声声叩动

潜行的信仰
像内省的不死鸟啄响
羁留不下名利的光阴
越热闹越似旁若无人

衡山

五岳光中
南天屏障

蛮生尘风
神前灯月

四时奇秀
仙观深院

云作莲衣
高台妙诀

贞观残碑
江山几席

归根之处幽然
花明雪洁

太古之心悟道
鹤鸣琼宵

丑书

茂林修竹
寸寸拔节
兰亭碑立如块墨

文人雅士的流水席
空荡荡的仰古之心
呆头鹅在水面行走
掩盖徒步摇晃的笨拙

仁者爱山盼云归
智者知鱼恋水色
小学子朝圣墨池感受造诣
领队老师寥寥教诲：
好好写字　微言至德

干枯的乱枝

铺街的乱石

理不清的皂丝乱麻

无辜映像虚张声势的丑书

既不表美也不蕴意

自得于荒谬

夸大于创新

却成为新舆论的掌控者

传承和回哺

锦书难托

新竹千尺

是风筝的骨架

授笔以柄

狼羊不衷情笔墨

也要奉献毫毛

病态的挥洒从不吝惜材料

隐去

凉风渐起　虫鸣式微
盛夏已经隐去

开始是种子　尽头是果实
花朵已经隐去

监护器心跳成直线　镶边黑暗
幸运之星已经隐去

病床旁康乃馨绯红　无人认领
逝者已经隐去

秋雨落下　荷叶浮生泛起
伤痛已经隐去多年

时间过隙　白马失蹄
一切终将隐去

信不信由你

我相信
与凤同飞的俊鸟
我不相信
虎狼并行的善兽

我相信
总是提出反对的律师
我不相信
英明神断的老爷判官

我相信
前世的审判灰飞烟灭
我不相信
遗传的伤口不再疼痛

我相信

沉默是金

我不相信

沉默能够保留良心

我相信

演员要对角色负责

我不相信

名利场初衷的抉择

我相信

功利横行理念折服

我不相信

所有美丽的遇见都以物易物

我相信

有些确认的残酷

是复明比失明绝望

我不相信

排斥对人的善良

却能很好地保护生物的多样

丰都鬼城

这是眼前的地狱

威神肃立

怒目森然

这里机能原始

手续简单

阴阳无二理

迅速地能够罚恶扬善

虚拟的道场

排场的仪仗

有人护法　正义有人供养

有人主持　有开放的因果

知道死后的真相

恶失去了底线　会所向无敌

善失去了锋芒　会暴露软肋

报应不能彬彬有礼

审判不再姗姗来迟

人间地狱并茂

鬼神出在心头

众目昭彰

尘世换了多少业主

善恶同源

世界各持己见

人物

（一）

昙花一现
月下动魄　如白日焰火
迅速地凋落
拒绝狂蜂浪蝶　反对纤尘浸染
属于花的荣耀瞬间无从辨认
记忆悬而不断　虚无坠而不散
如孤傲的诗人　和一个人的出塞
那一刻自净其意的生命
弹指之间世代簪缨
理想主义臣服　经验主义陌生

（二）

像世间所有的沉默

像石子坐在寂寞之巅

像个大人物在市井鹤立鸡群

一张嘴就能鼓动一个夏天

活的灵魂之于池塘

如同池塘之于城市

没人知道它的来源

一只青蛙在荷叶上

摇曳浮生

等待短促的一场瓢泼

和势不可挡炸裂的惊堂

（三）

怒火平息的鲁迅像置身事外
止戈的内心在大理石独白
季节深处贡献高度态度
坐拥津城繁华
旧租界法国公议局对面
花坛一隅　冰凉的座椅

少时不懂周树人
阅读注解的隐讳
自绝后路的犀利
言外之意的艰深
追溯的过程答案仿佛已经失真

长衫围巾　沾染灰尘
日月经天　光影经年
牺牲者有情俯察人生
宁直勿媚　宁折勿弯
说心里话　作良知和强力的表达
稀缺的品格和坚硬的鲁迅
像闹市中的那扇牌坊特别突兀

空格键

空格键不空
忙着分行　分清才能读懂

花始开　也会盛开
鸟纷飞　也会分飞

鱼占据水　为冰所困
时光无痕　水游过鱼身

候鸟的来往　飞身的桥梁
冷与热之间　挤出的能量

狼试探羊群　把小羊和母亲分开
利益试探人心　荣辱相欺的利器

阿诗玛活时化石　梁祝死后化蝶
民间立场这样让罪恶和善良分行

残碑丢掉轶文
瓷瓶落处　花也破碎
杜鹃啼血　越哀伤越唤响
山花烂漫　越沉寂越拥挤

凡心和圣心之间的禅心
安魂和诞辰之间的驻扎

空格键分行
有槐香　提供蜜糖
火焰的灰烬　雨水之路重生
客而为家　青萍之末风行天下

秋天到哪里去了

秋空了
秋水不言自明
悲秋在叶子上失重
逆势而为的决绝转动

藏身的内核悄无声息地萎缩
失掉河流的桥跨越空谷的寂寞

站着和躺着的都是一家人
像那片伐倒和矗立的丛林

逝者和逝水流淌着意向
植物收割尖锐的茬口和伤口

高处惊鸿一瞥
举头落定皆轻
飞鸟执意孤飞
别人都到别处去了
你也走了
季节空手比画相似的悲欢
带着爱的铭记和曾经的默许

秋空了
清空的茫茫北方
忍耐时序匍匐的绽放
接受从天降落的事物
比如一场雪白头　也白坟头

夜

窗外隐匿风景

月的圆塞住夜

让黑守口如瓶

清白深陷其中

婆娑世界埋名

花们失去光彩　再失去自己

湖边不知疲倦的

抽水马达隆隆作响

为黑暗增重的脚步让狗生疑

黑夜施展丛林反间计

一边劝鸟休息　一边与野猫合谋偷袭

让夜彻夜难眠的

有不断掠过的风

复述世界的潮水

黑暗在虚拟一座岛屿

搁浅的鲸鱼替大海呼吸

是流星擦拭空杯情怀

用一次划痕　穿越至广的无垠

我想对你说的

天成秀木
地结灵芝
年轮盈缩四季
杂草仿生杂粮

冬不坐石　含霜
夏不坐木　含凉
风穿过树林
河流也穿过树林
爱从初见到秋风消散

盛放　枯槁

团花跨界俗雅

眼泪跨界悲喜

生命缤纷流转

时光倒流

昨天一排排涌现

回归誓言

出发和经过

参差的故枝

卓然的新朵

抽刀断水处

时间表演快速愈合

山依势而行　水倒映而空

理性对应的是感性　还是野性

白鹭沉默于湍急的河流

大佛直视着江心的漩涡

什么在睹物思人

什么放大永恒的思念

苍茫的脸庞和弥漫的时光

你想平复的　恰恰引起你的动荡

心上有天

就对光线敏感

向每一座高山祈祷

向每一处大海扬帆

有太阳闪过

每座山都叫金顶

有蓝色初衷

每片流域都是天空之镜

摆脱不掉的闪烁

眷顾四野的繁星

人不归显月圆

瓶无花显冬深

多出

树老意外地多根

圈养的植物倒腾出许多花盆

技能来自生存的挣扎

蝴蝶变异凶猛的纹样

菩萨们慈眉善目

嫉恶的愤怒传达给胯下的盛宠

见到太多的伤口

眼睛长成了伤口

停灵的亲人在世间多出的夜晚

唤醒真相　捏造臆想
娴熟时都顺理成章
预设的立场做出有罪的推论

刀刻树皮的名字自述丑陋
济慈的诗　题在莎翁十四行诗集的空白地儿
未来的感知占据古典的位置

众生肃立环绕　让三生佛多出身外之物
过去　现在　未来
那些旁逸斜出的平凡
因缘　因愿

并置

琵琶反弹和折枝花瓣
欢呼雀跃和垂头不语
失忆是暗疾也是治愈

夏稻拔节和蝉蜕同步
儿孙和爷娘互穿衣裳
暗黑的潮水转译明亮的月相

篮子比果实多
猎人比猎物多
不可知和不可变
生活在危险之中也制造危险

银元宝生辉也生黑
精神世界进化也消解

饮牛的桶也挤过奶

装吉他的盒子也投硬币

树的花心　铁锈也有

彩凤抖动羽毛既开花又鸣叫

仇恨和睦同时供养

善恶都想丰富理由

魔高一尺和道高一丈律动

鱼钩的寒光悬到水里

和诱饵一起深深表达恨意

欣赏和鄙视都在极致

青春的脸红和暮年的独白

动容和不容都被唤醒

能拾级而上　肯定不是天堂

骤然坠落的　一定是无间地狱

明艳和阴暗都在坚持盛典

开朗和隔阂都在兑现勇气

祝四季平安

燕子从南方的花朵
飞进北方的泥窝
鸟鸣　道破冷暖奔赴的律令

盛夏在前草木怎会从简
针叶与阔叶　决断于降雨
江河横溢欢快的是鱼

晚稻早熟　菊黄酒满
大地收容盛妆盛筵
云端庄周跑马　人世梁祝化蝶

白不过盐碱的根　想翻覆的是黑
圣诞树像拷贝　雪人站成了自己
是风
划过你额前的刘海和灯笼的流苏

风景印象（节选）

（一）

风吹

崖边栈道

路在高处铺展

石径通向云径

猴子观海

顽石点头

泯然众人

(二)

海中普陀岛

天大地小

慈悲孤立放飞

云浸佛顶

水浸山根

山容海涵

长长的岸线

意念若有若无

后退或近前的折痕

月光透明荒凉

旷古之心在上

(三)

大漠中的水源

茫茫沙丘相觑的镜片

月牙泉妆容莫高窟

月牙不溶于黑暗

时时过眼云烟

（四）

玉龙

雪山隔着雪山的白

轻雾寂静　淡去之物朦胧

花间体不接地气

融不进冰川的记忆

飞鸟和苍穹的视角

更高维度地凝视

万物植于图案

雪和玄武岩　黑和白省略杂色

不平坦的时空无限循环

北方的风想冻住南方的大鱼

心外的世界　荒凉地延展

像另一个　沉沉的星球

(五)

时间之上的压迫感
白云的水面倒影
是一座庞大的冰峰

输出之下的强迫感
没钱修的最后那截盘山路
摊开等待的孤独

深谷之中的幽闭感
为爱翻转的葵花定向
耷拉着落日的金黄

（六）

长城一个个垛口
黄河一个个渡口
翻山越岭一个个垭口
民族反复启程一个个驿口
天生的苦难是迁徙的皮鞭

雨落雨上　追溯一片汪洋
雪落雪上　覆盖岁月的河床
方言和方言之间　是水土的边界
风景和风景之间　是习以为常的告别

念及

过万重山的轻舟
自横在野渡的拘囿

绝尘的千里劣马
跃跃欲试的足踏

一朵花回落泥土幽明
念念不忘春风吹又生

呼啸而过的怀想
徘徊于午后静寂的时光

穿石是水滴的功夫
也有硬石砸进心里的配合

片刻念及出回忆
米粒样的花撬动开放的硕大

红叶

所有青黄不接
是时间的分别
而你
被死亡扯下
被情怀收藏

塑封一片
天凉的深阔
细节的火热
季节追赶的过客

一帧霜叶和整座寒山枫林
提取秋天标形的能力
一线红尘古今同
天涯路程最显眼的触动

它摊开在
我的诗集
作为青春阅读的插页
燃烧于一些只言片语
恒常没能简化掉的颜色
像把那片油彩画在她脸上
把她的脸也画进一片油彩

结句

谷粒撒向鸽群

鸽群撒向天空

监视器后站着的小鸟准点播报

蔬卉发花

米果入酒

稻草人随季风倾倒

来去思在

浮泛痴心

无望无常开出深藏的万象

雨水起于低处的河流

烂漫来自高处的拔节

彩虹在圆形透明的杯底游弋

诗集压住方便面桶生出袅袅水汽

像覆盖怀念

那层光芒的经验

一线天

过一线天
石阶拔高
山自我开窍

节节向上排列
仰望头顶的窗
期待豁然开朗

生机一线　四季纵横
历史变迁　鸟道狭窄闪念
光收集我们　也释放我们

过一线天

像崖缝的草芥存蓄

学会恒定和穿越活色的小径

过一线天

像海边礁石缝中搁浅的小鱼

学会计算和盼望流水的接应

过一线天　这光阴的流水

像冰的裂纹　步步推衍

像树的裂痕　深入年轮

前情和未来勾兑紧密

回首而不能回转

隐藏

四季经过　有荣枯的守候
月亮更迭　有遮挡的技巧

顶芽与侧芽　挤坐中开花
站在红花和绿叶间呼叫的灰色小鸟

石里含玉　化石中生物珍奇
沙里淘金　蚌内磨损一粒沙

群山和阴影　大地分色
苍茫旷野和天涯陌路　散落古墓

举过头顶的哈达和举过天空的羽翼　迷恋善意
从异乡再漂泊至原乡　蒲公英积攒累世的力量

老人与海　绑缚大鱼骨架和反征服的倔强
种草的我们和吃草的羊　豢养者屠宰的真相

颐和园石舫

海是苦的
它把水族变咸

海是灰色的
它把天空染蓝

海是横流的
它把波涛推向彼岸

而石舫却从未启航
拿掉了尊严　随岸而安

石头造的船浮在水面
闪动银子般无瑕的白光

一艘船没有大海的开局
只是皇家手艺精湛的玩具

一个石舫停泊在最美的园林
一个舰队沉没在最深的海底

修武备的钱修了园子
心有不甘却毫无悬念

石已成舟　一艘船航行意义的盗版
历史窗口　披露倾覆的积重和立场判断

备忘录

豢养的草虫
重复一片绿叶
梦幻在重复泡影
唱片上不为人知的起伏
解释旋律
候鸟归去来兮
出走的传奇
背后暗藏季节的驱离

张口的雏鸟灌输哺养
闭口的先哲不接受反驳
光阴石子回放轩然大波
撒谎者时时被谎言埋没
岁月早已远遁
棋局无解也得终了
心虚的作孽　虚心的洗礼

月亮有形式上的缺失
连缀的水漂有径直接力的勇气
借来的世界　一切不用暗示只摆事实

一棵树落在纸张上的冥想
一座荒山要挤进人间花园
心生和仰慕的都在栖留
未来的时代感　回溯的历史感
一个爱得更多　一个爱得更深

确认所求和拥抱
匍匐的根　对岁月惊慌
知觉的思想　清点生存的经验
垂露打动嫩芽的命根
蚂蚁感到深厚的滴水之恩

像这只猫舔着前爪　有享用的悠闲
生活的毛爪向前　不容琴键反应
臂弯留住这只猫
我摸到了它的肋骨
感受了它得意的呼噜